THE
NEW YORKER

LA FRANCE ET LES FRANÇAIS

200 DESSINS

TRADUITS ET ADAPTÉS PAR JEAN-LOUP CHIFLET

LES ARÈNES

Cet ouvrage présente une sélection de 200 dessins tirés de *The New Yorker. Les meilleurs dessins sur la France et les Français*, paru en 2006 aux éditions Les Arènes.

Points remercie Coline Lafond pour sa participation à l'établissement de cette édition.

ISBN 978-2-7578-2083-4
(ISBN 978-2-35204-019-4, 1re publication)

AVANT-PROPOS

Le livre que vous avez entre les mains est consacré aux meilleurs dessins sur la France et les Français parus dans le célèbre magazine *The New Yorker* depuis 1925. Pourquoi existe-t-il autant d'illustrations nous concernant ? À la réflexion, il n'y a rien d'étonnant à ce que ce magazine aussi subtil que décalé ait trouvé une partie de son inspiration de ce côté-ci de l'Atlantique. Pour ces cartoonistes virtuoses qui mettent si bien en scène les éternels ravissements de la comédie humaine en assemblant les contraires, la France est évidemment une source inépuisable d'anachronismes, de paradoxes et d'oxymorons visuels.

Les plus drôles ? Ils sont tous drôles, of course, même si certains ne sont pas évidents à décrypter. C'est le sens même de ce « nonsense » anglo-saxon qui peut surprendre. Cet art de la suggestion, où l'absurde titille l'ironie la plus mordante, constitue, faut-il le rappeler, la véritable marque de fabrique du magazine. Mais s'il me fallait faire un choix qui serait forcément cornélien, je jetterais mon dévolu sur cet extraordinaire « French army knife » qui représente le fameux couteau suisse version « douze tire-bouchons » !

Les plus beaux ? Ils sont tous, dans leurs différents styles, des modèles du genre. Je vous conseille de vous attarder plus particulièrement sur la période 1925-1939 où les croquis de Peter Arno, Alan Dunn et Mary Petty, entre autres, ne demandent qu'à être mis sous cadre. Ces œuvres d'art sont à mon sens de véritables « collectors ».

Enfin, ces quelque deux cents cartoons nous permettent de revisiter notre histoire d'un point de vue très subjectif certes, celui de nos amis américains, mais vous verrez, c'est aussi instructif qu'intéressant.

Il est à noter qu'un certain nombre de dessins étaient déjà légendés en français. Il a donc fallu trouver une solution pour vous indiquer les cas où ce que vous êtes en train de lire était « en français dans le texte ». Afin d'éviter plusieurs lignes d'explication, nous avons choisi l'option de mettre en romain* avec un astérique tous les mots ou phrases figurant en français dans la version originale. Cela présente le double avantage de ne pas alourdir les légendes et de vous donner un repère visuel à la fois clair et immédiat.

PREMIÈRE PARTIE

FRENCH KISS

1925-1939

– Dans le guide, ils disent que la cathédrale de Chartres
n'est toujours pas terminée.
– Dans ce cas, on ferait peut-être mieux d'y aller
quand ils l'auront finie ?

FRENCH KISS
1925-1939

Ce n'est pas un hasard, ni une coïncidence, si, dès 1925, les rédacteurs du *New Yorker* ont laissé dans leurs colonnes une large place au mythe français et à tous les fantasmes qu'il pouvait suggérer ; à cette époque en effet le lectorat de ce tout jeune magazine était encore essentiellement constitué d'une élite – new-yorkaise, snob et au pouvoir d'achat confortable. Depuis 1923, sous la houlette du républicain Coolidge, les États-Unis vivaient un extraordinaire essor économique. Mais c'est dans ce climat d'optimisme exceptionnel que survint hélas ! à Wall Street le fameux krach du jeudi 24 octobre 1929. On connaît la suite, le désastre qui paralysa l'économie du pays et engendra, en deux ans, sept millions de chômeurs. Et pourtant le magazine fit tout pour occulter et ignorer la crise ; on retrouve bien là la tradition du « nonsense » et de l'« overstatement » chers aux humoristes américains. Dans ce cas précis, ils décidaient d'exagérer dans leurs cartoons la façon dont les riches réagissaient au krach plutôt que de stigmatiser les contrastes avec les pauvres.

Ceci expliquant sans doute cela, voilà pourquoi ils ont jeté leur dévolu sur la France, et Paris en particulier, qui représentait le rêve absolu pour ces Américains

LA LADY AMÉRICAINE :
– Sortez de cette salle de bain !
LE GARÇON DE BAIN FRANÇAIS :
– Mais, madame, tirer le bain soi-même,
ce n'est pas comme il faut – pas chic, par exemple *.

en mal d'extravagance dans une Amérique en plein désarroi. Pour les cartoonistes du *New Yorker*, et pour Helen Hokinson en particulier, Paris devient le centre du monde, de l'opulence et de toutes les folies. C'est d'abord la capitale de l'amour, où les prostituées font rêver, où les parfums s'appellent « Nuit d'amour » ou « N'aimez que moi », où les beaux garçons d'étage des hôtels de luxe surgissent à l'improviste dans les salles de bain en proposant leurs services pour ne pas « tirer le bain soi-même » (*sic*), et où les grands couturiers, ces nouveaux maîtres du monde, envoient leurs modèles par télégraphe aux grands magasins new-yorkais qui les répercutent aussitôt à leurs clientes folles de joie.

En 1932, c'est la fin de la crise et le retour au pouvoir des démocrates et de Franklin Roosevelt. Avec le New Deal, Paris n'est plus un rêve mais une réalité pour les nouveaux riches qui se précipitent dans les grands restaurants pour découvrir la gastronomie malgré un français scolaire plus qu'approximatif ; ce n'est pas grave, on commande n'importe quoi à partir du moment où le nom du plat est imprononçable – ce qui ne veut pas dire immangeable !

Il est vrai que parler français est le « must » du chic. Tout ce qui est français est très demandé, en particulier les majordomes, les pâtisseries, les nurses ; quant aux cuisinières, si elles ne sont pas françaises, on leur apprend au moins à prononcer correctement « Boo-ya-bes ». Placer « mon Dieu » ou « joie de vivre » dans une conversation est le signe du raffinement suprême, mais tout se complique dès que l'on est confronté au vocabulaire plus trivial des chauffeurs de taxi dans les embarras de Paris.

Et si enfin, pendant cette période bénie des dieux pour les Français rois du monde, quelques cartoonistes osent parfois quelques piques sur ces Parisiens imbus de leur tour Eiffel, ils ne sont guère indulgents envers l'inculture de leurs concitoyens : « La cathédrale de Chartres n'est pas terminée ? Dans ce cas, on ferait peut-être mieux d'y aller quand ils l'auront finie. » Surtout si c'est le guide American Express qui le dit !

Je ne sais pas ce que je vais bien pouvoir faire,
Amélia, tout seul, à Paris, loin de vous.

Et que pensez-vous de celui-ci ?
Il s'appelle : N'aimez que moi*.

Le taxi à Paris et...

Vous restez une demi-heure
à les regarder passer,
même les vides.

Enfin ! Il y en a un qui s'arrête
et vous essayez de lui expliquer
dans votre meilleur français
que vous allez chez Rumpelmayer.

Rumpelmayer ?
Non, il n'en a jamais
entendu parler.

Vous lui répétez encore et
encore et tout à coup ...

« Ah oui, bien sûr !
Roompelmayaires,
Roompelmayaires ! »

CE QUI ARRIVE SI VOUS EN ATTRAPEZ UN

Il démarre alors d'un seul coup sans attendre que vous soyez installée.

Vous faites les premiers mètres sur le marchepied avant de réussir à plonger à l'intérieur.

Dans l'état où vous êtes vous ne vous souvenez même plus du reste du voyage.

Enfin, vous êtes arrivée, choquée et hébétée.

Et après lui avoir laissé un pourboire deux fois supérieur à ce qu'il attendait, il a le culot d'affirmer que ce n'est pas assez !

La Fayette, nous voilà.

Eh bien voilà ! C'est tout ce qu'ils savent faire.

– Mme Réginald Vanderpoise voudrait vous parler.
– Dans ce cas, Annie, passez-moi plutôt mon téléphone français.

Madame désire hors-d'œuvre, potage julienne,
turbot genevoise, filet de bœuf sauce madère,
poularde du Mans truffée, asperges au beurre,
céleri au jus, mousse aux fraises
et café filtre*, *moi, je prendrai le menu végétarien*.

Lucette, donnez-moi plutôt l'ensemble Chanel Angora ; aujourd'hui je fais du jardinage.

Je déteste la France, ils sont incapables de servir du bon café.

C'est un jeune poète, lauréat de la Fondation Guggenheim, qui essaie d'écrire un poème en France.

Photos cochonnes ?

S'il est raffiné ?
Plutôt oui, il dit toujours Mon Dieu*.

Voilà ce qui nous manque en Amérique,
cet exotisme si particulier.

C'est bon, on l'a vue.
Raye-la de la liste.

Franchement ? Difficile d'en trouver un qui ait autant de joie de vivre*, *non ?*

J'ai l'impression
qu'il ne comprend pas bien le français courant.

C'est tellement frustrant, ma chère.
À peine partis pour Paris, on est presque arrivés !

LE JOUEUR D'ÉCHECS
ET LES PÂTISSERIES FRANÇAISES

NEW YORK ET…

PARIS

Tu te souviens du jour où il pleuvait à Paris ?

Tu ne vas pas me croire,
il y a même un numéro de « Good Housekeeping » !

Me no speaka da English*.

Elle habite sur la 181e rue
mais ses vraies racines sont en France.

Ne te moque pas, George ! Ce puzzle est un Cézanne.

Franchement, on dirait que vous êtes l'impératrice Eugénie elle-même.

Nous partons pour Paris,
mais nous allons essayer d'être raisonnables.

La Fondation Guggenheim va être furieuse
si je ne me mets pas à écrire au plus vite…

Avec le dollar déprécié, André, je te dis,
qu'on peut vivre pour presque rien à *New York** !

*On va traverser la France
en se laissant aller façon bohème.*

Tu te souviens de ces mois merveilleux
que nous avons passés à Paris quand le dollar était à 1,37 ?

Pas trop convenu, si possible…
quelque chose que je pourrais porter avec un chapeau.

C'est le seul livre dans lequel on retrouve le vrai Paris,
celui de Leonard Merrick et d'Ernest Hemingway.

Joyeux Noël*, *mon brave…*

Répétez après moi, les filles :
Boo-ya-bes, un ragoût de poissons.
Boo-ya-bes, un ragoût de poissons.

Maintenant, Victoria,
je vais vous initier aux moules marinière*.

J'aimerais un parfum qui me rappelle
les Grands Boulevards*.

On vient de fermer notre bureau de Paris.
Madame trouvait qu'elle maigrissait trop.

Avec celui-là, madame, vous êtes une femme fatale* !

Je rêve ! Ça te chatouille le nez !
C'est tout ce que tu trouves à dire sur un veuve-clicquot 1921 ?

Et moi qui commençais juste à comprendre le français !

Excusez-moi.
Êtes-vous une grisette parisienne ?

Avec mon mari, nous avons fait
toute l'Exposition universelle en un après-midi !

J'ai l'impression que Mme Brown
ne pense pas vraiment en français.

CAFE
CAFE
CAFE
CAFE
O. SOGLOW

Oops ! Pardon, messieurs * !

J'hésite entre deux enseignes :
Madame Daphné* *ou* Quel Chic*.

Nuit d'amour*,
c'est un parfum spécial
qui résiste à l'air conditionné.

– Est-ce que
je coupe la barbe
de M. Hammond* ?

– Oui, vous coupez la barbe
de M. Hammond*.

Nous interrompons notre programme pour vous donner quelques informations qui viennent de tomber à l'instant en provenance de Paris au sujet du corset Mainbocher.

Personne, que je sache, ne s'est jamais moqué de Louis XIV.

Je vais prendre le bœuf en papillote maître d'hôtel*
parce que si je n'utilise pas mon français, il se rouille.

DEUXIÈME PARTIE

LA FAYETTE NOUS REVOILÀ !

1940-1966

Puis-je vous demander pourquoi, nom de nom,
il n'y a plus de château-lafite ?

LA FAYETTE NOUS REVOILÀ !
1940-1966

Changement de décor. La guerre est déclarée en Europe et les cartoonistes du *New Yorker* vont eux aussi changer, c'est le cas de le dire, leur fusil d'épaule, en restant évidemment fidèles à leur credo : le deuxième degré pour raconter cette drôle de guerre qui ne dit pas vraiment son nom.

Paris est-il toujours capitale de la mode ? Oui, bien sûr, mais avec une légère nuance : « Berlin dit que Paris dit que les tours de taille vont être plus larges. » Quant aux terrasses des cafés des Grands Boulevards parisiens, elles seraient envahies non seulement par des officiers de la Wehrmacht en grand uniforme, mais aussi par des familles entières en costume tyrolien ! Pire, il n'y aurait même plus de château-lafite dans les grands restaurants et d'aucuns se risqueraient à entonner l'*Internationale* à l'Opéra.

L'expression « C'est la guerre » a remplacé « C'est la vie ». On l'utilise à tout bout de champ, surtout après 1943. Pearl Harbor a précipité les troupes américaines dans le conflit mais l'ambiance reste relativement cool si l'on en juge par ces femmes GI fraîchement débarquées en Afrique du Nord et dont le principal souci serait de trouver un coiffeur local capable de faire une permanente.

1944 : Aucun cartoon à notre connaissance pour célébrer le succès du débarquement en Normandie, ni pour déplorer les terribles pertes de l'armée américaine. Non, ce qui intéresse la rédaction du *New Yorker*, c'est, toujours et encore, de décrire les côtés insolites de la vie quotidienne des soldats « parachutés », qui au jardin du Luxembourg face à des chaisières irascibles, qui dans les restaurants où l'escargot reste l'ennemi numéro un. Et puis toujours cette autodérision : il y aurait, tenez-vous bien, comme en Californie, du vin français, et « aussi » du bourgogne ! Étonnant, n'est-il pas ? Mais le plus drôle c'est encore l'air abasourdi de ce touriste face à la cathédrale Notre-Dame qui réalise qu'elle porte le nom d'une des plus célèbres équipes de base-ball.

Après la guerre et le retour des « boys » à la maison, c'est au tour de leurs parents de découvrir Paris. Rien à voir avec l'élite snobinarde et sophistiquée du New York des années 1930 ; c'est la middle class de l'Amérique profonde qui s'attend à trouver des Français ivres de reconnaissance et prêts à lui dérouler le tapis rouge en témoignage de gratitude pour le plan Marshall et qui tombe de haut en découvrant le coût élevé de la vie et en particulier le prix de l'escargot (toujours lui !) qui ne cesse de flamber par rapport au dollar.

Paradoxalement, on continue à adorer ce pays, et on voudrait tout faire, ou plutôt tout apprendre pour lui ressembler. Bien sûr le béret et la baguette sont de grands classiques, mais ça ne suffit pas ; il faut parler français (merci Berlitz) et penser français (merci Napoléon).

Mais l'horizon va s'assombrir quelque peu et les relations franco-américaines se dégrader petit à petit. Les Américains commencent à sentir qu'ils sont des hôtes encombrants et que nous les considérons même comme des « impérialistes ». Excusez du peu !

Les rédacteurs du *New Yorker*, pas dupes, n'hésitent pas à caricaturer la façon dont nous caricaturons à notre tour ce qui va devenir le fameux « Américain moyen » avec son pantalon à carreaux, ses chemises bigarrées et ses éternelles jumelles en bandoulière.

Berlin dit que Paris dit que les tours de taille vont être plus larges.

C'est L'Internationale.
Si tu ne connais pas les paroles,
tu peux juste marmonner.

Le coiffure, le permanente, vous comprendre* ?

DÉPÔT DE SECOURS
CROIX ROUGE
AMÉRICAINE
HABILLEMENT
DON DE L'AMÉRIQUE

VINS
AUX
ABRI
Salon de Haute Couture
Alan Dunn

Maintenant, ne me laissez plus dire un seul mot d'anglais.

Ça n'explique pas tout à fait de Gaulle, mais ça peut aider.

AVRANCHES
BEURRE
FR
Alan Dunn

En garde* !

Vos yeux sont comme des étoiles,
vos cheveux des tresses d'or,
votre bouche est un frais bouton de rose ;
comme vous êtes belle, ma chérie,
et comme vous êtes adorable*…

Vous voulez dire que la France produit du bourgogne ?

J'ai une idée ; et si on se buvait une eau-de-vie avant de commencer à parler français ?

*Quand on voit ce qu'on dépense pour eux avec le plan Marshall,
tu ne crois pas qu'ils pourraient nous proposer
des hors-d'œuvre corrects ?*

Qu'est-ce que vous me conseillez
pour un veuf qui a vécu à Paris et qui vient dîner ce soir ?

Je pense qu'elle n'est pas prête du tout à interpréter du Sartre.

TIES
25¢
CRAVATS
1.00

C'est pas à moi qu'il faut t'en prendre.
C'est à Paris.

C'est une vraie exclusivité.
Vous ne pourriez même pas le trouver
à Paris ce chapeau.

DUVAL SCHOOL OF FRENCH
IN
SORTIE
Ed Fisher

Cette nuit j'ai rêvé qu'on me demandait de former un nouveau gouvernement français.

Profites-en donc pour lui demander comment une petite bourgeoise parisienne, dont le mari est fauché, va s'habiller cette année.

Méfie-toi ! Le taux de change n'est pas aussi favorable que tu le crois.

Dis donc, mon pote !
Ici on n'est pas sur les quais de Seine,
chez les bouquinistes !

Gauguin a bien commencé à quarante ans, lui !

Excusez-nous,
mais nous avons perdu notre groupe.

Vous savez, j'ai joué dans l'équipe de Notre Dame.

Cette… *and* cette… *and* cette… *and* cette*.

Au secours ! Au secours* !

O. SOGLOW
CHAMPAGNE
10¢

Je vois que tu es arrivé très en avance.

La Joconde, *s'il vous plaît ?*
Nous sommes garés en double file.

Dois-je comprendre
que tu n'as absolument aucune envie
d'aller au Louvre ?

INTERNAL REVENUE SERVICE
TAX FORMS
Vive Poujade* !

– Parlez-vous français* ?
– *Mein Gott ! Nein.*

Ce n'est pas de l'anti-américanisme, madame,
c'est comme ça que je parle à tout le monde.

Vas-y, tu peux commencer à marchander.

J'ai lu le livre, mais pas jusque-là.

Tu ne vas pas me croire.
Il est passé d'un seul coup d'un français littéraire
à un registre beaucoup plus familier.

Je vous rappelle que nous faisons
un voyage gastronomique.

Ce n'est vraiment pas mon type !

Regardez l'oiseau, s'il vous plaît*.

Voilà le moyen d'enrayer la chute du dollar !

B. TOBEY

C'est pas parce qu'il a dit en français
Très intéressant* *une douzaine de fois dans la soirée*
qu'il faut lui faire la tête.

Je pense que vous pouvez laisser tomber le mouton-rothschild 1934.

Si on s'en tient au guide
L'Europe pour cinq dollars par jour,
notre voyage s'est arrêté avant-hier.

Moi c'est différent.
Je suis entré à la Légion juste
pour améliorer mon français de base.

Allez, Louise ! C'est avril à Paris. On se fiche du cours de l'or !
Prenons plutôt un autre apéritif !

Tout le monde va à Istanbul ou Copenhague.
Je pense que c'est le moment de revenir à Paris.

Aujourd'hui il aurait juste droit à une parade à Broadway et il serait vite oublié.

Nous sommes des impérialistes américaines
et voulons boire quelque chose.

CAMPAGNE
DE L'ACCUEIL
ET DE L'AMABILITÉ
YANKEE
GO
HOME

Oh, oh ! J'ai l'impression que l'adresse commence à être connue.

Vous allez peut-être penser le contraire,
mais moi, je trouve les Français très ouverts.

Ah, te voilà !

Non, je ne connais pas Paris.
En fait, je ne suis jamais sorti des États-Unis.

TROISIÈME PARTIE

JE T'AIME, MOI NON PLUS

1967-2006

J'ai décidé de revenir à des produits bien de chez nous et j'espère que de Gaulle comprendra le message.

JE T'AIME, MOI NON PLUS
1967-2006

À la fin des années 1960 et jusqu'au début du XXIe siècle, l'état des relations entre les deux pays serait plutôt « steady », comme on dit en anglais. Rien de particulier à signaler ; la France est toujours le plus beau pays au monde et Paris reste une ville magique. Bien sûr Mai 68 va changer un peu la donne. Mais si au *New Yorker* on ne fait pas de politique, on aime bien mettre le doigt sur les situations insolites qu'elle peut engendrer. Ainsi, le cartooniste Everett Opie nous montre une place du Tertre déserte et un couple de restaurateurs désolés qui regrette « ces Américains, avec leurs drôles d'accoutrements, qui étaient si généreux ». De Gaulle continue à énerver un peu, on se moque des intellectuels en égratignant gentiment Beauvoir et Sartre.

Par contre, l'arrivée de Valéry Giscard d'Estaing, avec sa particule et son nom imprononçable, fascine. Autres événements marquants : le Concorde, le bicentenaire de la Révolution, l'ouverture d'Eurodisney qui permet de mettre en situation Mickey apprenant le français, la fameuse pyramide du Louvre.

Ce qui intrigue aussi nos amis d'outre-Atlantique, ce sont ces Parisiennes si élégantes et si minces malgré le champagne et les grands restaurants. Pour Lee Lorenz il y a sûrement un truc et il imagine un dessin montrant la police française embarquant à l'aube les femmes corpulentes pour les soustraire au regard des étrangers. Il fallait y penser !

Mais les choses vont se gâter. Nous l'avons dit, le *New Yorker* ne fait pas de politique, et même s'il est peu suspect de connivence avec l'administration Bush (il soutiendra néanmoins, fait rarissime dans l'histoire du magazine, le candidat Kerry), il va y aller lui aussi de son couplet anti-français au moment du refus du gouvernement Chirac de s'investir dans la guerre en Irak. Mais attention, toujours dans la joie et dans la bonne humeur. Rien de féroce, mais plutôt du genre « Je t'aime, moi non plus ». On découvre par exemple sous le trait acéré de Tom Cheney un dessin daté d'octobre 2003 où l'on voit un Américain très étonné de trouver dans un menu français « une chaussure parfumée au mazout » (*sic*). Un cartoon plutôt fair-play dans le contexte de l'époque qui montre que nous étions en droit de renvoyer aux Américains un chien de leur chienne. Et puisqu'il est question de cet animal de bonne compagnie, arrêtons-nous sur ce chien hilare croqué par Leo Cullum qui se moque gentiment d'un caniche qui se dit « French poodle » en anglais : « Je crois que je suis mûr pour pardonner aux Français. »

Belle image pour conclure, qui à mon sens traduit parfaitement l'esprit de ces cartoonistes aussi géniaux que délicats et dont l'objectif, faut-il encore le rappeler, n'est pas de dénoncer mais au contraire de désamorcer les situations plus ou moins subversives en les observant non pas de face, mais gentiment « de profil ».

Dites : Fromage*.

Ou bien c'est un autre CHEVAL BLEU
ou alors le Guide Michelin va devoir lui enlever ses trois étoiles.

C’est moi* !

ST.

Tu te souviens quand ils étaient tout le temps
en train de photographier et de demander des verres d'eau ?
Et leurs drôles d'accoutrements ?
Et comme ils étaient bruyants ?
Mais pour ce qui est d'être généreux, ils étaient généreux !

Tellement français !

Et voilà le travail après trois semaines en France.

Désolé, Matilda, pour ce que j'ai dit
sur ton filet de bœuf bordelais.

Vous n'avez pas quelque chose de plus mauvais goût ?
Nous sommes nouveaux riches*.

Très, très français.

Vous allez maintenant manger une choucroute alsacienne.
Adapté par le grand Escoffier,
ce plat, originaire de la région de Strasbourg,
se compose de chou découpé en fines lamelles
qu'on a laissé fermenter dans la saumure.
Il est servi avec du porc et de l'oie fumée.

J'imagine que Dieu a dû être très, très content.

J'imagine que ce n'est même pas la peine de leur demander un thé glacé.

Allez, Harve ! Fais-nous Quasimodo !

En fait, nous sommes américains*.

Vous, vous êtes américains :
vous avez la carte des États-Unis
dessinée sur la figure.

The Coming of Age
SIMONE de BEAUVOIR
STEVENSON

Plus ça change, plus c'est la même chose, hey ?

Si on ne peut même pas s'offrir des escargots,
ça veut dire que le dollar ne vaut plus rien.

Ce sont les Français qui ont raison.
Que tout le monde aille se faire voir !

Voilà ! Le violon d'Ingres*.

DEJA VU
Déjà Bu
DEJA LU
STEINBERG

Et maintenant on applaudit la bouillabaisse !

Vive le Concorde, baby* !

Bonsoir, Giscard*.

Va-t'en* !

Carolyn, je t'aime*.

Louis I à XVIII

Il va me manquer. J'adorais prononcer son nom sans la moindre hésitation : Valéry Giscard d'Estaing.

DÉJEUNER SUR L'HERBE*

La dernière fois que nous sommes venus à Paris,
elle était jeune, drôle et elle me coûtait moins cher.

Je cherche le mot en français.

Comme on dit toujours en France…
O°° *Zut, mais qu'est-ce qu'ils disent toujours en France ?* °°O

Touché*.

C'est sympa d'être français, non ?
Qu'est-ce que tu en penses, Henri ?

On t'a jamais dit que tu ressemblais au Concorde ?

M. Ralston est très touché de savoir
qu'ils arrivent tout juste de Paris,
mais il préfère quand même vos petits pains aux raisins.

Tu es vraiment sûr que tu n'es jamais venu à Paris ?

C'est génial de revenir en France.

Est-ce que le témoin
pourrait éviter de dire sans arrêt n'est-ce pas* ?

Tu sais quoi, Léon ? Il paraît qu'à Paris les décolletés sont plongeants.

MYRA'S DINER
LAST
PÂTE À CHOUX
FOR 125 MILES

VESTE,
CRAVATE
ET ARGENT EXIGÉS

D'après vous, est-ce qu'il est possible de faire la France en 1 500 calories par jour ?

Cours de français pour banquiers

Je n'ai plus de madeleines, monsieur Proust,
mais je peux vous proposer
une tarte aux prunes.

La nuit où ils ont inventé le champagne
Appelle les avocats !

Je ne vous cache pas que
nous nous sommes pas mal inspirés de Pei.

Tu penses que c'est vraiment la meilleure façon de célébrer le bicentenaire de la Révolution française ?

En découvrant Paris pour la première fois,
Judie et Gary réalisaient pour leur plus grand plaisir
qu'ils n'avaient pas oublié le français
qu'ils avaient appris à l'école.

Deux mois en France m'ont donné le courage de me remettre à fumer.

Il a intérêt à être très sûr de lui en ce qui concerne sa virilité.

Figure-toi que j'ai eu affaire
à un vétérinaire français super sympa
de Vétérinaires sans frontières*.

Pour le même prix,
vous avez en plus un assortiment de foulards Hermès.

J'étais sûre que vous étiez français dès que j'ai vu votre écharpe.

12
BOOTH.

Regarde comme il a l'air français.

J'ai juste tapé 3615 Baguette*.

Rodin ? Ah oui, les grosses fesses.

On est vraiment dans un autre monde, tu ne trouves pas ?

Je n'emmènerai jamais mon mari à Paris
sauf si c'est pour cacher son cadavre.

Du moment où il y a écrit poids net* *en français,*
tu es prête à manger n'importe quoi !

JE NE
REGRETTE
RIEN

La famille de Bob vit ici depuis 1948.
Pour vous, les Français, c'est comme s'ils habitaient là depuis cinq siècles.

Prends-la, Luke.
Il paraît que c'est impossible de trouver
une vraie baguette à l'ouest de Pecos.

FRENCH ARMY KNIFE

COUTEAU DE L'ARMÉE FRANÇAISE

Il a dû oublier quelque chose.

Votre français est parfait, monsieur,
il s'agit bien d'une chaussure parfumée au mazout.

Celui-ci est très agressif ; il ne serait pas français ?

Tout cela est si délicieusement artisanal.

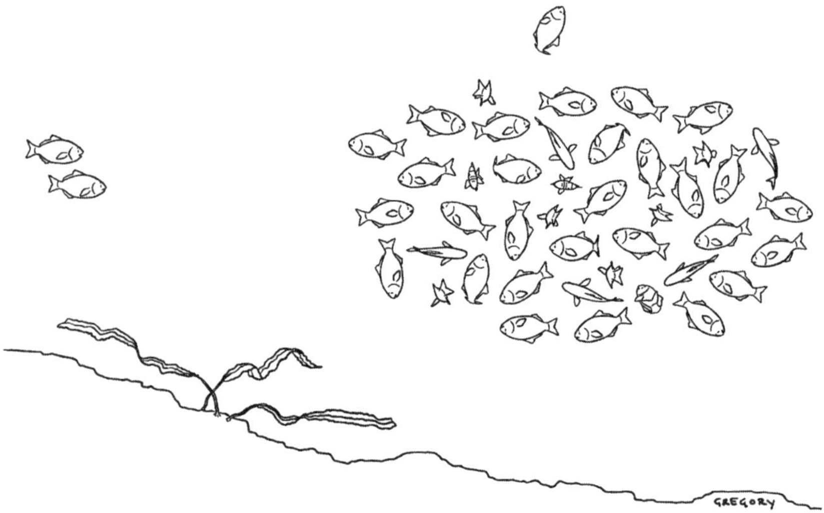

Je pense que c'est une école Montessori.

Je crois que je suis mûr
pour pardonner aux Français.

Elle n'est pas nue, elle est française.

Ce costume a quelque chose de très français !

Je vais m'installer à Paris pour être sûre de ne pas grossir.

J'vais te dire un truc.
Ça ne peut pas être un chien de chasse.

À l'aube, les grosses femmes françaises
sont embarquées par la police.

INDEX DES ARTISTES

Réalisation : Pao Éditions du Seuil
Impression : Normandie Roto Impression s.a.s. à Lonrai
Dépôt légal : Octobre 2010. N° 103518 (10-3227)
Imprimé en France

Collection Points

Le catalogue complet de nos collections est sur Le Cercle Points, ainsi que des interviews de vos auteurs préférés, des jeux-concours, des conseils de lecture, des extraits en avant-première…

www.lecerclepoints.com

DERNIERS TITRES PARUS

P2443. Le Chasseur, *Julia Leigh*
P2444. Demi-Sommeil, *Eric Reinhardt*
P2445. Petit déjeuner avec Mick Jagger, *Nathalie Kuperman*
P2446. Pirouettes dans les ténèbres, *François Vallejo*
P2447. Maurice à la poule, *Matthias Zschokke*
P2448. La Montée des eaux, *Thomas B. Reverdy*
P2449. La Vaine Attente, *Nadeem Aslam*
P2450. American Express, *James Salter*
P2451. Le lendemain, elle était souriante, *Simone Signoret*
P2452. Le Roman de la Bretagne, *Gilles Martin-Chauffier*
P2453. Baptiste, *Vincent Borel*
P2454. Crimes d'amour et de haine
Faye et Jonathan Kellerman
P2455. Publicité meurtrière, *Petros Markaris*
P2456. Le Club du crime parfait, *Andrés Trapiello*
P2457. Mort d'un maître de go.
Les nouvelles enquêtes du Juge Ti (vol. 8)
Frédéric Lenormand
P2458. Le Voyage de l'éléphant, *José Saramago*
P2459. L'Arc-en-ciel de la gravité, *Thomas Pynchon*
P2460. La Dure Loi du Karma, *Mo Yan*
P2461. Comme deux gouttes d'eau, *Tana French*
P2462. Triste Flic, *Hugo Hamilton*
P2463. Last exit to Brest, *Claude Bathany*
P2464. Mais le fleuve tuera l'homme blanc, *Patrick Besson*
P2465. Lettre à un ami perdu, *Patrick Besson*
P2466. Les Insomniaques, *Camille de Villeneuve*
P2467. Les Veilleurs, *Vincent Message*
P2468. Bella Ciao, *Eric Holder*
P2469. Monsieur Joos, *Frédéric Dard*
P2470. La Peuchère, *Frédéric Dard*
P2471. La Saga des francs-maçons
Marie-France Etchegoin, Frédéric Lenoir
P2472. Biographie de Alfred de Musset, *Paul de Musset*
P2473. « Si j'étais femme ». Poèmes choisis
Alfred de Musset
P2474. Le Roman de l'âme slave, *Vladimir Fédorovski*

P2475. La Guerre et la Paix, *Léon Tolstoï*
P2476. Propos sur l'imparfait, *Jacques Drillon*
P2477. Le Sottisier du collège, *Philippe Mignaval*
P2478. Brèves de philo, *Laurence Devillairs*
P2479. La Convocation, *Herta Müller*
P2480. Contes carnivores, *Bernard Quiriny*
P2485. Pieds nus sur les limaces, *Fabienne Berthaud*
P2486. Le renard était déjà le chasseur, *Herta Müller*
P2487. La Fille du fossoyeur, *Joyce Carol Oates*
P2488. Vallée de la mort, *Joyce Carol Oates*
P2489. Moi tout craché, *Jay McInerney*
P2490. Toute ma vie, *Jay McInerney*
P2491. Virgin Suicides, *Jeffrey Eugenides*
P2492. Fakirs, *Antonin Varenne*
P2493. Madame la présidente, *Anne Holt*
P2494. Zone de tir libre, *C.J. Box*
P2495. Increvable, *Charlie Huston*
P2496. On m'a demandé de vous calmer, *Stéphane Guillon*
P2497. Je guéris mes complexes et mes déprimes
Christophe André & Muzo
P2498. Lionel raconte Jospin, *Lionel Jospin*
P2499. La Méprise – L'Affaire d'Outreau, *Florence Aubenas*
P2500. Kyoto Limited Express, *Olivier Adam*
P2501. « À la vie, à la mort », Amitiés célèbres
dirigé par Patrick et Olivier Poivre d'Arvor
P2502. « Mon cher éditeur », Écrivains et éditeurs
dirigé par Patrick et Olivier Poivre d'Arvor
P2503. 99 clichés à foutre à la poubelle
Jean-Loup Chiflet
P2504. Des Papous dans la tête – L'Anthologie
P2505. L'Étoile du matin, *André Schwartz-Bart*
P2506. Au pays des vermeilles, *Noëlle Châtelet*
P2507. Villa des Hommes, *Denis Guedj*
P2508. À voix basse, *Charles Aznavour*
P2509. Un aller pour Alger, avec un texte de Louis Gardel
Raymond Depardon
P2510. Beyrouth centre ville, avec un texte de Jean Rolin
Raymond Depardon
P2511. Et la fureur ne s'est pas encore tue, *Aharon Appelfeld*
P2512. Les Nouvelles brèves de comptoir, *Jean-Marie Gourio*
P2513. Six heures plus tard, *Donald Harstad*
P2514. Mama Black Widow, *Iceberg Slim*
P2515. Un amour fraternel, *Pete Dexter*
P2516. À couper au couteau, *Kriss Nelscott*
P2517. Glu, *Irvine Welsh*
P2518. No Smoking, *Will Self*
P2519. Les Vies privées de Pippa Lee, *Rebecca Miller*
P2520. Nord et Sud, *Elizabeth Gaskell*
P2521. Une mélancolie arabe, *Abdellah Taïa*